Omdanas

En dimklocka i natten
Gecede bir sis çanı

Gonca Özmen

Översättning

Frank Bergsten

Producerad av:
CHAP en del av
Litterturcentrum Kvu
Storgatan 17
573 32 TRANÅS

Typsättning & grafisk design: Dominic Williams
Illustration: Konstantin Tereshenko
Översättning: Frank Bergsten
ISBN: 978-91-984885-3-1
Tryckt i Tranås Sverige.

En dimklocka i natten
Gecede bir sis çanı

INNEHÅLL

GÖLE YAS

Eski bir gölsem kuytuda
Azaldıysam gün be gün
Uzundur dindiysem
Bitiverecekmiş olduysam

Kök ver kök ver kök ver

Sonsuz bir girdapta uyuyorsam
Örtük, sözün ve tenin altında
Ağırsam kalbime
Susakaldıysam
Dipte – derinde

Ses ver ses ver ses ver

Düğüm düğümsem
Yorulmuşsam yankıma bakmaktan
Gidilmeyene gidiyorsam aklımdan
Kuşlar başlayacaksa az sonra

Dal ver dal ver dal ver

Uzun bir zılgıtsam
Beklemiş, gecikmiş, kekre
Ölüyorsam
Sicim sicim akmaktan

Can ver can ver can ver

Karaysam şimdi kapkara kederden
Kurum tutmuş
Tükenmeye durmuşsam
Bitkin düşmüşsem beklemekten

El ver el ver el ver

KLAGOVISA FÖR SJÖN[1]

Om jag är en gömd gammal sjö
Som sakta tynar bort
Och om jag sinar i en evighet
Ända till slutet

Rötter, rötter åh ge mig rötter

Om jag sover i en oändlig virvel
Begravd under hud och ord
Och om jag är mitt hjärtas börda
Som tystnat nere i djupet

En röst, en röst åh ge mig en röst

Om jag fastnat i knutar
Trött av att stirra på mitt eko
Och om jag tänker mig dit jag ej kan gå
När fåglarna är på väg att lyfta

En gren, en gren åh ge mig en gren

Om jag är ett långvarigt tjut
Väntad, försenad och bitter
Och om jag förtvinar
Hängandes i trådar

Luft, luft åh ge mig luft

Om jag svartnat av det svartaste
lagret av sot
Och om jag är tom
Tömd på grund av all väntan

En hand, en hand åh räck mig en hand

İTIRAF

Kimselere söyleme Derrida okumadığımızı
Aklımızın ucunda birden bir ayakkabı başladığını
Bir sevişmenin bittiğini gövdemizin ucunda
Anlamın hep ötelere ötelere gittiğini
Seni bir gömlekle nasıl değiştiğimi kimselere söyleme

Kimselere söyleme çocukken yediğimiz toprağı
Bir başkası olup uyuduğumuzu bir mezarda
Ne kadar acemi olduğumuzu bir ağaca bakarken
Kül yüzlü bir baba niye girerse hep rüyaya
Kimselere söyleme babalar eksik eşiktir kızlara

Kimselere söyleme sende gördüydüm ilk
Bir vapurun nasıl eskidiğini
Bir sabaha başlamanın tetiğini
Sonra sonra üç kişiliğimizi öpüşürken
Ocakta taşan sütte yanar gibi

Yine de kimselere söyleme öncesini
Uyanır da alır yanımdan yokluk seni

BIKT

Berätta inte för någon att vi aldrig läst Derrida
Att på gränsen till våra tankar en sko
plötsligt träder fram
Att älskogen upphör på gränsen till våra
kroppar
Och att meningen alltid blandas där
borta, precis där borta
Berätta inte för någon hur jag bytte dig mot en skjorta

Berätta inte för någon om jorden vi åt som barn
Eller hur vi blev till någon annan, sovandes
i en grav
Eller hur naiva vi var stirrande på trädet
För varför skulle en far askgrå i ansiktet
för evigt glida in i drömmar
Berätta inte för någon att för varje dotter är fadern tröskeln som saknas

Berätta inte för någon att jag i dig först såg:
Precis hur en färja blir gammal
Den utlösande faktorn som startar upp morgonen
Våra tre människor brändes vid när vi kysstes
I mjölken som kokade över på spisen

Berätta inget än för någon om allt det som skett förut
Annars kommer intet vakna för att stjäla dig från min sida

KUZUM

Said devrim diyor. Benim saçlarım topuz.
Said'le ikimizin ağzı aralık. Sesler alıp sesler veriyoruz.
Sümeyra'ya inanıyoruz. Benim saçlarım topuz.

Yanına kıvrılana git demiyor hiç Said. Kuzum diyor.
Yanıma kıvrılana git demiyorum hiç ben.
Jar û Evin. Jar û Evin.

Yunacak su bulsam su bulsam ben yunacak
Saçlarım böyle topuz. Böyle fersiz. Böyle derli toplu.

Biri kurban olayım deyince korkuyorum ben.
Ben korktukça gövdemin çanları bir başka çalıyor.
Ben korktukça tekeler çiftleşiyor bağır çağır.

Kuzum diyorlar bana – kuzum diyorum onlara.

Said katliam diyor. Benim saçlarım topuz.
Said'le ikimizin ağzı karanlık. Ölümler alıp ölümler veriyoruz.
Süleyman'a inanıyoruz. Benim saçlarım topuz.

Kanacak yar bulsam yar bulsam ben kanacak
Saçlarım böyle topuz. Böyle dilsiz. Böyle fer fecir.

MITT LAMN

Said säger revolution. Mitt hår uppsatt i en knut.
Said och jag, med öppna munnar. Med ljud andas vi ut ljud vi andas.
Att hela tiden tro på Sümeyra. Mitt hår uppsatt i en knut.

Said säger aldrig åt den som lagt sig bredvid att ge sig av. Mitt lamm
säger han.
Jag säger aldrig åt den som lagt sig bredvid att ge sig av.
Jar û Evin. Jar û Evin.

Om jag bara kunde hitta renande vatten skulle jag rena mig själv.
Mitt hår är uppsatt så här. Diskret. Prydligt.

Jag blir rädd när någon säger för dig skulle jag kunna dö
Ju räddare jag blir desto högre klämtar min kropps klockor
Ju räddare jag blir desto våldsammare parar sig getterna

Mitt lamm säger de till mig - mitt lamm säger jag till dem

Said säger slakt. Mitt hår uppsatt i en knut.
Said och jag med mörka munnar. I döden andas vi ut de döda vi andas.
Att hela tiden tro på Süleyman. Mitt hår uppsatt i en knut.

Om jag bara kunde hitta en älskare att bedra skulle jag bedra mig själv.
Mitt hår är uppsatt så här. Nedtonad. Som gryningen.

MELEZ

Dante okudum bir erkeği soydum beyaz
Usul uslu uzandım borçlarımı saydım
Yitiğim çok, avuntum bol, günahım güzel
Bakın işte çalı çırpı kaldım

Kuşları sordum ormana daldım beyaz
Üstümü başımı alıp çıkardım
Ne de güzel durdum omzunla akşam arasında
Uzun uzak hatmilere baktım

Dante okudum bir askeri öptüm beyaz
Bütün kasaba uykuda gibi bir zaman
Attığın taşın yankısıydım geri döndüm
Dünya bazen, bazen dünya sadece kan

Oturdum sonra susacak bir ağız buldum
Karışmıştık kimsesiz ve beyaz
Kitabım, kutsalım, melez çocuğum
Ben sendendir kötü koktum

Dante okudum bir devleti vurdum siyah

HYBRID

Jag läste Dante jag klädde av en man i vitt
Lydigt lade jag mig ner jag löste min skuld
Förlusten så svår, trösten så stor, synden så ljuv

Se hur jag förvandlades till buskar och snår
Jag frågade om fåglar jag dök ner i trä i vitt
Jag klädde av mig och försvann
Så underbart att stå mellan din skuldra och kväll
Jag såg länge på malvan borta i fjärran

Jag läste Dante jag kysste en soldat i vitt
Som en sovande stad, vilande,
Jag var ekot av en sten du kastat jag kom tillbaka
Världen ibland, ibland är världen bara blod

Jag satt ner sen fann jag en mun där jag kunde vara tyst
Vi var insnärjda övergivna och vita
Min bok, min heliga text, mitt barn en hybrid
På grund av dig stinker jag

Jag läste Dante jag sköt ner en stat i svar

ÇATLAK

Varsın gecede birer sis çanı olalım
Varsın eksik desinler bize, huysuz desinler
Varsın kuyruğunuz var desinler
Varsın arayalım o kuyruğu çocukken telaşla
Varsın ardımızda bıraktığımız ışıltılı çizgiyi görmesin onlar
Varsın ağzımda sakladığımı seni bilmesinler
Varsın uluorta sevemiyor olayım ayaklarını
Varsın bizden bilsinler ömrün çatlağını
Varsın kanımız usul değsin onların yataklarına
Varsın uzun çayırlar dileyelim ikimizden
Varsın uzun çayırlar olmadı diyelim bir gün
Varsın karalığım bulaşsın karalığına
Varsın iki kadın patlatsın gövdesini aynı anda
Varsın iki ağaç devrilelim apansız yol ortasına
Varsın iki otobüs çarpışalım onların aşklarında
Varsın sendeki har bendeki dağı dövsün

SPRICKA

Låt oss båda bli en dimklocka i natten
Låt dem kalla oss fordrande, låt dem kalla oss irriterande
Låt dem säga att vi alla har svansar
Låt oss likt barn leta frenetiskt efter dem
Låt dem inte se det gnistrande spår vi lämnat efter oss
Låt dem inte få reda på att du gömmer dig i min mun
Låt mig inte kyssa dina fötter offentligt
Låt dem tro att sprickan i detta liv är vårt fel
Låt vårt blod lätt vidröra deras sängar
Låt oss önska vida ängar för oss båda
Låt oss en dag säga att vår önskan aldrig slog in
Låt mitt mörker förenas med ditt
Låt två kvinnor spränga sig själva samtidigt
Låt oss plötsligt falla likt två träd på vägen
Låt oss krocka likt två bussar i sin kärlek
Låt värmen inuti dig krossa berget inuti mig

AY ILE

Sazlıkların orda arındım bekledim
Kara yazıların üstüne eğildim bekledim
İnadımın dibinde tortop bekledim
Öteleri çekiştirip berilerde bekledim
Derman ol deyip de bekledim
Dumanlı aklımla, çocuk ayıbımla, kenar süsümle bekledim
Sesimden gürültülü trenler geçti bekledim
Ayvalar erdi ben bekledim
Dallanıp odalarda budaklandım bekledim
Dara düştüm gün yüzü bekledim
Uzaklar çınlayıp durdu ben bekledim
Her yanım alev bekledim
Taş topladım kuş uçurdum bekledim
Götürmedi yol
Göle durdum ter ter bekledim

MED MÅNEN

Bland vassen tvättade jag mig och väntade
Jag lutade mig över de svarta bokstäverna och väntade
Hopsjunken i min envishet och väntade
Drog i alla trådar som fanns och väntade
Hoppades att du skulle vara botemedlet och väntade
Med dimmiga tankar, barnslig skam och mina billiga smycken väntade
jag
När högljudda tåg slet sönder min röst väntade jag
När kvitten mognade väntade jag
I rum fastnade jag i grenar och väntade
Jag fick problem, för en strimma av ljus väntade jag
Platserna långt borta ljöd och jag väntade
Varje del av mig brann och jag väntade
Jag samlade stenar, lät fåglar flyga och väntade
Men vägen ledde ingenvart
Jag stod vid sjön genomdränkt av svett och väntade